FANGQIANYISHUWUXINLIU

房前一树无心柳

跨度诗人书系

房前一树无心柳

宋原生 著

中国文史出版社

自　　序

我喜欢诗词写作，2012年9月，由中国三峡出版社出版发行了诗集《诗影留痕》，选收了自1970年至2012年计四十二年间的二百余首作品，当时由国务院三峡工程建设委员会郭树言先生执笔题写序言，他在点评后，对我提出了希望“在此基础上不断提高，能有更多更好的成果和我们共享”的愿望。他的鼓励促使我继续前行。同时，也仍然像郭树言先生点评的那样，这些作品是围绕着八年来的“经历、感情和心迹”进行创作的，经历是这些作品的源头。

这些年，作为全国政协第十二届委员参与了参政议政的重大活动，涉及政协生活的约有十八篇作品，如在《友谊宫咖啡厅偶感》中有“特邀不是闲无事，巷尾街头民意商”的启蒙，在《话别全国政协》中有“感慨人生行大路，读完致信换征衣”的感悟。

八年也是行政职务卸任后的时期，作品中有反映居家休养的、天伦之乐的、忆往怀旧的，如《空巢吟》中“自信荷锄能种菜，免叫雏飞两地劳”，《六六孙郎》中“偶遇醒来忙浴洗，抚摸手脚屁闻香”，《永远的水家湖——长丰》中“生疏满目疑孤客，不变曾经感悟心”。总之，就是闲里找忙，有所事，有所为，有利于身心健康。

近两年是退休后生活的开始，主要经历是参加离退休群体的活动。新的生活状态激发新的灵感，感触大多是围绕着这些实际而抒发，如《话别深圳》中“莫悔当年不赴任，三峡治水亦初心”，算是对二十五年前职务变动的事做了一个心理交代。

回顾这些诗作，都是俗语凡心，只是把自己的感受组织了一些文字，记录下来。同时，出于爱好旧体诗，也在运用这种表现形式上做了一些努力，即遵循旧体诗格律的四种形式，及其中有关平仄、押韵、对仗、粘、孤平等方面的一些规则，争取做到形式美。关于用韵，我通篇使用中华诗词学会推荐的《中华新韵》。所选诗作中，也有一些自由体。

诗稿交付过程中，我常问自己：这样做究竟是为什么？梳理一下，大概出于三个想法。一是参与文化生活。在社会生活节奏越来越快的时期，静下心来琢磨这些古董，似乎有些奢侈。既然自己有时间，有爱好，也就应该为活跃健康的文化生活做一点事。二是记录人生轨迹。作品围绕自己的经历和心迹，记录了一些感受，也算类似于“日记”或“备忘录”，重读的时候，往事历历在目。三是和亲朋好友们交流。作品中许多是与亲朋好友互动的，灵感受到他们的激发，从而组成这些文字。用出版的方式把心迹敞开，与亲友们共享，也是和大家交心吧。

总之，希望这些文字能给读者带来快乐。

2020年4月

目　　录

七　　律

七　　绝

五　律

五　绝

词

其　　他

七　律

喝夜粥记

餐馆鱼粥羞老客，
饥肠欲饱靠人民。[1]
清茶代酒凝风月，
往事如歌泣鬼神。
八戒逢集寻喜讯，[2]
四弦借雨慰愁魂。[3]
沧桑几度额头写，
眼角眯眯落笑纹。

2012年6月26日

① 是日和同学张锦波在合肥宁国路一家叫“人民公社”的餐馆聊当年知青插队的往事。

② 八戒是指我们养的猪崽。

③ 四弦指小提琴，张是小提琴高手。

感神九蛟龙共舞[①]

六月云高沟壑暗，
群雄探险演缤纷。[②]
擒鳖禁地凭足踏，
揽月苍穹任手伸。
入海飞天华夏胆，
追星破浪神州魂。
隔窗可问寒和暖，
哪怕天高海又深。

2012年6月

① 2012年6月神州九号飞船与天宫一号实施自动交会对接，标志着我国全面掌握了空间交会对接技术。当月，蛟龙号载人潜水艇也顺利完成海试任务，最大下潜深度达到7062米，创下世界同类作业型潜水器最大下潜深度纪录。

② 群雄，指航天员景海鹏、刘旺、刘洋，潜海员潜航员唐嘉陵、叶聪、刘开周、杨波等。

雾日赏香山秋红

轻烟漫漫西山隐，
欲赏秋红策马临。
溪水潺潺流夜雨，
山岚瑟瑟扫晨云。
青松火树羞珠翠，
银杏黄栌赛赤金。
远客八方流恋处，
秦腔粤语伴吴音。

2012年11月8日

和锦波聊插队[1]

青春堪忆烟云覆，
且把粥锅作酒壶。
最忆雅音梁上字[2]，
还思俗气圈中猪。
半截红薯田头啃，
一碗糍粑油里糊。
话到子时停不住，
寄留他日续明烛。

2012年7月4日

① 记2012年6月26日晚上和同学张锦波在宁国路“人民公社”小饭馆喝粥叙旧。

② 雅音，指张锦波练习小提琴。梁上字，指盖知青房子时颜景炬在大梁上写的吉祥红字。

嫦娥三号携玉兔登月[1]

一自飞天守广寒，
千古孤泪苦流连。
近迎大妹投身问，
遥望二丫放眼勘。
更喜三妞携玉兔，
消愁大姐困金蟾。
轻盈落月伸双翼，
信步虹湾正等闲。[2]

2013年12月15日

---

① 嫦娥三号探测器是中国嫦娥工程二期的一个探测器，也是中国第一个软着陆的无人登月探测器。

② 虹湾，指月球上的一个地标，它是一个直径260公里的巨型陨石坑壁。

再聚人民公社餐馆记

相约旧店重开饭，
更有新朋论古今。
美酒葡萄家里酿，
合包韭菜路边寻。
双波海浪邀堂燕，①
一语高云忆故人。
不是六哥谋有道，②
何得聚友远登门。

2013年4月25日

① 指同学张锦波、吴静波、刘田勇及同人胡海燕。
② 六哥，张锦波在家里排行老六。

贺神舟十号飞船发射成功

戈壁雄狮箭指穹，
英姿穿越每惊鸿。
嫦娥冷暖临窗诉，
织女忧思巡宇听。
天地同心羞玉帝，
乾坤比翼胜金鹏。
宫船再吻柔情水①，
有梦中华寄太空。

2013年6月11日

① 指神舟十号与天宫一号对接。

居林萃杂感[1]

轻装布履经一岁，[2]
陋室朝阳闲自回。
晨卷窗帘惊夜雪，
夜读竹简待朝晖。
秋逢骤雨千盆覆，
暑避炎风百翅飞。
土豆杂粥喜饱腹，
应酬不必醉琼杯。

2013年2月21日

① 指作者居住的北京市林萃路。
② 一岁，指行政职务免去一年整。

空巢吟

寒冬数九问空巢，
老叟倚门看雪飘。
心梦桃源空洞想，
身临闹市若沙淘。
朔风吹过银蛇舞，
春雨飘来绿丝摇。
自信荷锄能种菜，
免叫雏飞两地劳。

2013年3月20日

青海行

——随民革何丕杰先生青海三江源生态保护调研

七月相邀三水源，[①]
黄河少女恋蓝天。[②]
贵德热土九般彩，[③]
玉树清风一味甜。[④]
青海黑泉润宝库，[⑤]
昆仑白雪照祁连。
高原喜见千山绿，
志伟丕杰新友缘。[⑥]

2013年7月11日

---

① 相邀，应民革邀请，全国政协人资环委推荐作者参加三江源生态保护调研。

② 黄河少女，黄河在贵德以上为清流，河边塑有黄河少女石雕像。

③ 九般彩，贵德的专家将当地丹霞地貌土壤颜色分为九种。

④ 玉树清风，指没有PM2.5的空气。

⑤ 宝库，大通回族土族自治县宝库乡，为黑泉水库所在地。

⑥ 志伟，民革马志伟先生。丕杰，民革何丕杰先生。

三峡船闸正式通航十周年纪念日

蜀道通天万古难，
纤夫铜脊负千山。
西江一坝高低浪，①
东岭五层起落船。②
方叹猿声啼不住，
又嘲裸影秀为闲。③
中流自有沉浮水，
朝醒外滩夜寸滩。④

2013 年 6 月 16 日

① 三峡大坝水面上下高差 113 米左右。
② 三峡船闸是五级。
③ 裸影，指拉纤纤夫的裸体艺术雕塑。
④ 外滩，指上海黄浦江外滩；寸滩，指重庆寸滩港。

调研水资源保护到杭州[①]

绵绵细雨到杭州，
客栈大华南北楼。
纵论吴乡八万井，
横评越地五千流。
河神施计泥沙洗，
土地多谋草木修。
问水还能清几许，
浣纱西子梦无忧。

2013年5月8日

① 全国政协人口资源环境专门委员会副主任张基尧带队。

调研水资源保护到郑州[1]

南宋飞来北宋城，[2]
中原看水百眸睁。
引水龙湖由小浪，[3]
清污湿地掩深坑。
调沙调水师尧舜，
围堰围湖慰民生。
江口来舟圆故梦，[4]
如蓝更胜忆闻莺。[5]

2013年5月10日

① 全国政协人口资源环境专门委员会副主任张基尧带队。
② 河南、浙江史为北宋南宋都城所在地。此次连访为巧合。
③ 小浪指小浪底水库。
④ 江口指丹江口水库；来舟喻南水北调工程。
⑤ 闻莺指西湖柳浪闻莺，泛指江南。

北戴河浅水湾

金沙八里漫铺滩，
起落颠摇浪里船。
闲去潮边痴看鸟，
寂来桥首远寻帆。
惊飞鸥鹭万千语，
倦隐雀蝉一片喧。
若借涛声听世界，
悠悠亘古海天宽。

2013 年 8 月 1 日

友谊宫咖啡厅偶感[1]

三教九流缘聚首，
南腔北调一锅汤。[2]
仙风道骨长眉翘，
梵语佛光短袖凉。
奶热堪聊雪域美，
茶香又忆赞歌扬。
特邀不是闲无事，
巷尾街头民意商。

2013年3月10日

---

① 2013年3月，全国政协第十二届第一次全体会议在京召开。作者所属的特邀界住在友谊宾馆敬宾楼，咖啡厅是指定就餐地点。

② 一锅汤，喻同在一个餐厅里用自助餐，在此就餐的还有文艺界、宗教界委员。

一渡新新小镇[1]

房里有山山上房，
谁来跃马任由缰。
门前野域听流水，
岭后俗村看晒粮。
偶去沿河登果岭，
常游漫野绕松梁。
夏凉冬暖秋红染，
春色扑窗唤太行。

2014年5月20日

① 新新小镇位于北京市房山区地质公园的十渡风景区的一渡路口。

贺张宜克画展[1]

写意怪才灵气悟，
画兰境界意清纯。
丹青禅理超俗界，
彩墨佛缘衬古心。
万物别裁独创意，
一元信守自由真。
名师勉励知勤奋，
志盛传承天地人。

2014年9月25日

① 张宜克，儿时发小，现安徽画家。

黑土地印象[①]

延绵沃野色深沉，
放眼平川边缀云。
土破苗青千垅绿，
秧插水碧一方深。
小村木舍白杨掩，
巨兽铁牛黑土耘。
合作农耕培地力，
金豆珍珠秋满囤。

2014年5月23日

① 作者当时参加全国政协人口资源环境委员会黑土地保护考察，赴黑龙江省。

记二月二日种茶花[①]

确忆当年双喜印，
三十五载似飞霞。
驱车寻访岭南酒，
落座专尝粤北茶。
银铲黑泥清澈水，
绿叶青枝粉染芽。
来日与君长做伴，
同舟风雨任天涯。

2014年2月10日

① 2月2日是作者和汪萍结婚35周年纪念日，在院子里种了两棵茶花纪念。

纪念抗日战争胜利69周年[①]

隔夕风雨换朝阳，
胜利歌声忆耳旁。
礼炮冲云呼壮烈，
白鸽飞舞祈吉祥。
花篮默默呈思念，
彩束飘飘寄远肠。
十四长歌万众志，
六十九载写国强。

2014年9月

① 9月3日已经作为中国人民抗日战争胜利法定纪念日，纳入到国家的政治生活。连下了四天雷阵雨，今晨放晴万里，中央和各界人士、老战士代表在宛平城中国人民抗日战争纪念馆举行了向烈士献花仪式，纪念抗日战争胜利69周年。鸣礼炮十四响，象征1931年至1945年十四年的抗日战争岁月。

蓝色港湾马年除夕

幽幽小院碧围栏，
寸草常期千里鞍。
一炷高香升袅袅，
九条锦鲤戏潺潺。
耕田莫道一席小，
落笔常惜半纸宽。
神马何愁天地远，
烟花赏过喜君还。

2014年2月1日

外孙出生[①]

人逢生日爽精神，
老稚因之谢母恩。
辰诞何由腹子选，
投胎更靠老天分。
曾约夏至前来见，
忽然芒种早相闻。
吉日相同谁自主，
争说奇趣逗爷孙。

2014年6月

① 6月6日外孙出生，恰与身为姥爷的作者同月同日生。当天清晨作者从北京赶到上海迎接他的出生。

六六满月[1]

刚忆月前奔六院，[2]
产房门外见新骄。
悄声悄语悄旁站，
想抱想抚想近瞧。
都赞小娃一脸帅，
皆知新母百身劳。
床前可见天天长，
喜待雏苗日日高。

2014年7月6日

---

① 六六，外孙子的小名，因6月6日出生而得。
② 六院，指上海第六人民医院。

卢纯同志调三峡集团[①]

早继先贤谋伟业，
移山断水是孺牛。
与君携手三秋念，
别友无言一世修。
情化西峡凝壁里，
谊追东海逐潮头。
春来奉旨谱新梦，
勇驾三帆竞五洲。

2014年3月28日

① 卢纯，国务院原三峡工程建设委员会办公室副主任，调任三峡集团党组书记、董事长。

梦中摄花[①]

梦里风光每摄花，
千姿百态顾无暇。
鹅黄粉嫩含金蕊，
姹紫嫣红吐玉葩。
一镜收藏犹窃喜，
九屏放送也抒发。
常羞不若蜜蜂益，
同酿甜醪奉万家。

2014年2月14日

① 作者爱好摄影，常琢磨拍摄花卉，竟然入梦。

南京公祭日[①]

金陵公祭满城笛，
卅万魂灵跨世期。
义勇国歌天际震，
和平誓语心中仪。
巧舌抵赖徒劳技，
铜鼎刻铭不可欺。
撞响大钟声彻宇，
复兴寄语民族熙。

2014年12月13日

---

① 12月13日被定为南京大屠杀死难者国家公祭日，今年举行第一次仪式。

乒乓球

白皮腹里一丸空，
电掣风驰网上腾。
八尺长桌堪对垒，
三分立网不围城。
小球推动隔洋晤，[①]
大阵赢得满贯逢。
莫道身轻风不禁，
复兴梦里一飞惊。

2014年12月

① 乒乓球运动曾经推动了中国与美国的外交正常化。

秋登红螺寺

碧空似洗飞银燕，
横岳如涂掩红螺。
净土一方东普众，
善缘四海西天佛。
潺潺溪水古钟远，
袅袅禅香新客多。
足踏石阶不胜喘，
放眸南眺壮山河。

2014年11月2日

申城黄梅天

梅子熟时黄浦江，
连阴郁郁少出阳。
清晨上路风吹伞，
深夜听声水洗窗。
小落街头寻酒肆，
大倾屋后补泥墙。
偶然一片薄云现，
竿挑彩旗舞弄堂。①

2014年7月1日

---

① 竿挑彩旗，指街巷里人们晒衣被的景象。

送汪为长居澳大利亚[1]

蜗居搬去太阳南，
换取洋洲绿纸鲜。
铺盖虽轻肩上重，
行头欲简心中繁。
欣然小院新苗壮，[2]
却道疏园老树弯。[3]
欲问他乡何月色，
雁行望断入云天。

2014年5月15日

① 汪为，内弟。

② 新苗，指两个孙女。

③ 老树弯，指内弟媳史树芳在将第一个孙女带到一岁半后，腰椎做了手术，钉了六个钉子。

太原西山印象[1]

乌烟瘴气去无踪，
遥望吕梁覆葱茏。
春雨时涤千壑绿，
秋风每印万山红。
振国胆气齐谦让，
福地灵犀好运逢。
欲问杏花尝村酒，
晓青寄语赞梧桐。

2014年9月10日

---

① 作者随全国政协人资环委凌振国、吴晓青、齐让、印红等赴山西考察学习太原西山矿区的生态补偿模式。

为张锦波军旅情联欢会照片题[①]

岁岁八一军旅庆，
重逢战友忆深情。
眼前又见社英勇，
耳际犹听军号鸣。
五线飞歌朝唤日，
三弦拨曲夜邀星。
四十三载人真健，
笑对沧桑波海平。

2014年6月26日

① 作者的同学张锦波和当年的战友时隔四十三年后，回到部队，组织了一场军旅情联欢晚会，诗中社、英、勇、健、波为几位战友的名字的中字。

又过永定河

炎炎七月过卢沟，
云在青天晓月悠。
葱郁白杨沿岸立，
幽深碧水载舟流。
雄歌义勇传三旅，
礼号深沉振九州。
抗日民族凝万众，
和平珍爱拭吴钩。

2014年7月12日

和刘田勇一起过元旦[①]

新年相聚习文武，
小米糊塌红枣粥。
直板推击左右角，[②]
横刀砍破往来球。
评诗论道少多志，
保健养生老无忧。
更有寒窗人可忆，
纷纷穿越似临眸。

2015年1月1日

① 刘田勇，作者的初中同学，同在北京工作生活。

② 直板，乒乓球的一种握拍法，下句“横刀”同。

为杨佳委员发言点赞[①]

台前一语扫阴霾，
喜看神州信满怀。
打虎拍蝇官气正，
扶贫济困民风开。
政接地气忧思去，
国聚天时感梦来。
莫误眼明充看客，
良知正赞有今侪。

2015年3月11日

① 杨佳，第十二届全国政协委员，也是政协大会发言有史以来第一位盲人委员。她的发言《我用心来感受正能量》受到大家热烈欢迎。

二里桥怀古[①]

南熏门外百千岁，
党项疑踪何处寻。[②]
铁马金戈遗古道，
荷塘翠柳掩幽村。
禅声寺庙大佛远，[③]
炊火俗宅小道临。
骑射贺兰成旧忆，
楼高不辨异乡人。[④]

2015年4月14日

---

① 合肥市的二里桥位于南熏门外现徽州大道（原名青年路）两侧的一片地方，自古荷塘疏柳，小村炊烟。

② 据考证，西夏王朝被成吉思汗灭亡时，党项人隐名埋姓四方流浪，曾落脚在合肥二里桥。

③ 大佛，指甘肃张掖的大佛寺，为西夏所建。

④ 1970年几个小村子被国防工办建设征用拆迁，村民湮没在城镇化的大潮中。

父辈的抗战

——纪念抗日战争胜利七十周年

芦沟烽火九州醒，
破碎江山云露霞。
民愤举刀堪毙鬼，
国仇拌血忍吞牙。[①]
太行山上白医嘱，[②]
耿镇村前马氏夹。[③]
跃马滹沱驱日寇，
民族奋斗救中华！

2015年8月13日

---

① 忍吞牙，1938年春父亲被日本侵略者的子弹打掉四颗门牙。

② 白医嘱，1939年初父亲在晋察冀第二军分区四团卫生队管理药械，执行的是白求恩制定的规章，在白求恩亲自检查工作时受到肯定和表彰，登在《晋冀子弟兵》报上。

③ 马氏夹，全称托马氏夹板，白求恩指导八路军自制的一种治疗四肢骨折的器具。

观 9 月 3 日阅兵礼

环球瞩目东方晓，
岁历七十满目骁。
铁马金戈严阵列，
雄师赤胆战旗飘。
长街一骑道辛苦，
十里回声震九霄。
自走南昌起义路，
传承宗旨为民劳。

2015 年 9 月

国 土 人[1]

曾将巨笔描天地，
王土春秋载我忧。
东海钓鱼迎巨浪，
西山修路送丝绸。
北江踏雪驰飞马，
南屿吹沙驻野牛。[2]
若上新程回首看，
初心解梦更高楼。

2015年11月

① 国土人，指原国家计划委员会国土局的同事。
② 牛，指野牛气垫船。

马家庄寻宝记[①]

建立太行根据地，
人民子弟打豺狼。
千沟尽设杀敌阵，
万壑常修护民房。
藏宝图寻村后洞，
旧屋松掩岭前岗。
村翁争忆卫生队，[②]
庙隐檐遮救死伤。

2015年7月

① 马家庄，指太行山耿镇马家庄村。寻宝，记赴马家庄寻父亲1943年坚壁清野时藏进山洞的医药箱。

② 村子里几位九十多岁的老翁指点作者查看卫生队驻扎过的院落。

山生万物[①]

山生万物皆成画，
水载一舟自有魂。
泼墨情怀非在笔，
挥毫意境必由心。
山高树伟皆成韵，
云淡兰香独具神。
笔墨丹青何从洒，
平凡历练在修身。

2015年10月

① 在画家张宜克画室做客并为画题。

《南水北调回顾与思考》读后感[①]

北少南丰谋借水，
接承几代梦中忧。
天时地利人商议，
岸畔渠头民意求。
山翠流清凝志喜，
粮丰瓦净释心愁。
问河怎就清如许，
奋斗结缘水利攸。

2016年12月

---

① 《南水北调回顾与思考》是国务院南水北调办公室原主任张基尧的著作。

访林州红旗渠

——党日活动

漳河何处上山流，
浇灌农田岁岁收。
工匠云集十万户，
旌旗化解一千愁。
英雄洒血群峰泣，
志士存言百姓忧。
杨贵为民驱旱咒，
生机冉冉看林州。

2016年7月16日

告别2016

——与亲友共祝新年快乐

迎新守岁还依念，
一路行来尽可诗。
也谢金猴独伴护，
当酬亲友众支持。
降妖除怪凭忠义，
挡水防洪有自知。[①]
待唱雄鸡天下旦，
来年共享顺心时。

2016 除夕

① 挡水防洪，指三峡工程的防洪功能。

孤胆英雄[①]

——记五十年前的 8 月 27 日

国生动乱邪风起，
无故苍天锁雾霾。
一马冲锋乱阵里，
千钧压顶胆气开。
暗旗邪蛊少年勇，
响炮存抒战士怀。[②]
信守初心铭永志，
长忧一夜满头白。

2016 年 8 月 28 日

---

① 1966 年 8 月 27 日下午，父亲受省委指派，只身守在紧邻省体育场旁边的省二级药站（药站归父亲任职的省药政局管），实时向省委报告“827 造反兵团”成立大会情况。造反派夺权后，对此事揪斗不放，给父亲安上了“特务”的罪名。

② 响炮，指十月革命的炮声。

广义相对论遐想[1]

——正月十五感流年

今时又证爱因理，
光速时空弯可归。
眼见飞蚊挥不去，
耳闻蝉叫静仍随。
银丝乱缕妆纹脸，
皓齿稀疏比稚眉。
虫洞钻出访幼我，[2]
相逢可问老翁谁。

2016年2月22日

① 广义相对论，爱因斯坦提出的论断。

② 虫洞，时空洞（sofa），又称爱因斯坦－罗森桥，是宇宙中可能存在的连接两个不同时空的狭窄隧道。

神舟十一号归来[1]

巡天满月乡愁涌，
游子惜别二号宫。
沿轨详究蚕菜异，[2]
环球对问影音同。[3]
太空梦圆十三亿，
远志书邮九万封。[4]
大圣羞呼筋斗小，
南非一瞬夏还冬。[5]

2016年11月18日

---

① 神舟十一号飞船，是我国于2016年10月17日从酒泉发射的载人飞船。

② 蚕菜，指神舟十一号宇航员做的养蚕种菜实验。

③ 对问，指国家主席与航天员通过天地通信系统实时对话。

④ 书邮，太空邮局。

⑤ 南非，航天员返回时在南非好望角上空开始变轨，当地时令为夏季。

依郭爱民插队落户故事[1]

当初每忆少年狂，
泥灶茅屋杂煮粮。
铁骑驰来牵作骏，[2]
草鸡捉去煮成汤。
看桥走遍金陵路，[3]
品味捎回蚌埠肠。
偷向无人悄落泪，
不因苦乐不由伤。

2016 年元旦

① 郭爱民，作者的中学同学。

② 骑，为一人一马的合称，此处指一名司机开来一列火车，比喻他们扒火车的故事。

③ 指步行参观南京长江大桥。

永远的水家湖——长丰

一骑长驱穿故里，①
微风细雨润田深。
石桥掩映牛耕地，
茅舍依稀猪拱门。
绿野葱葱生五谷，
红房幢幢唱三禽。
生疏满目疑孤客，
不变曾经感悟心。

2016年5月15日

① 故里，指作者曾经插队落户在安徽长丰县。

祖孙夜眠

携熊带马求同睡，[1]
钻进被窝催掩门。
脚踹丹田额对顶，
手摸臂膀息相闻。
呢喃梦语鸣雏燕，
翻转舒身写大人。
不记蹬空寝被冷，
醒来又唤一朝新。

2016年冬至夜

① 熊、马，儿童玩具。

乘复兴号

——由京赴沪

又赴江头乘复兴，
长龙贴地却飞行。
近观片片麦苗闪，
远眺层层岱影停。
才怨西山少雪色，
忽听东海涌涛声。
轻舟靠借东流水，
神州大路铁铺平。

2017年12月20日

春　雪

西风有信携银撒，
漫卷横飞一瞬来。
满目迷蒙窗外暗，
九城清澈院中白。
雪人点眼顽童乐，
寒雀登枝笑翁呆。
不怨春花齐放晚，
我花融后百花开。

2017年2月22日

何人又过水家湖

何人又过水家湖，①
转瞬青年换老夫。
麦地留茬场晒满，
稻田蓄水绿苗出。
茅屋易换新村舍，②
街巷难寻旧店庐。③
咒破逝川唯守梦，
一条大路走新途。

2017 年 6 月 19 日

---

① 水家湖，安徽省合肥市属长丰县的火车站名。

② 新村舍，指新农村改造。

③ 旧店，指作者曾插队落户的长丰县杨庙公社蒋店大队下店村。

黑龙江开河

——感黑龙江开河并赠周腊青[①]

大河春唤冰川泄，
万马千军卷浪喧。
休道凌流寒彻骨，
常思热血洒疆原。
青春贡献伴黑土，
岁月流失写赤颜。
此去遥遥难复返，
永存渴望满心间。

2017年4月23日

---

① 周腊青，作者的大学同学、入党介绍人，曾为黑龙江建设兵团战士。

怀念父母

时光无翅快如此，
带去长思不见还。
黄土高坡难觅水，
太行山涧可听泉。
龙门烟树梅花艳，①
牧马风云香草繁。②
谁忆慈祥抚梦泪，
儿孙叩首祭双先。

2017 年春

① 龙门烟树，为作者父母祖籍山西省定襄县龙门村一景。
② 牧马，指定襄县牧马河。

人资环五次会议①

一届协商身受益，
五年参政写新篇。
百言难尽兴国计，
九鼎不移富社诠。
纵看七江万里水，
横观五岳九重天。
由今再续峥嵘岁，
也慕英雄也慕贤。

2017 年 12 月 4 日

① 这是第十二届全国政协人口资源环境专门委员会的最后一次总结会议。

赞耕牛[1]

家传本事肩头力，
岁月八千恋祖田。
少壮打工千里远，
妇翁守业百畦闲。
重阳登望水山复，
半夜沉思雨露连。
谁道松屋遗老叟，
初心更领世人前。

2017年8月

① 依宋桂兰命题作业，咏水牛耕田艺术石雕。

听张皖淮叙后感[1]

重逢欣忆当年少，
何惧天高展翼飞。
天耳顺风听暗语，[2]
神眸多谱导鸣雷。[3]
太行脚下歌声放，[4]
大蜀山旁靓影归。[5]
军旅人生多奉献，
红妆卸甲孝心随。

2017年6月24日

---

① 张皖淮，作者的中学同学，职业军人。
② 听暗语、导鸣雷，指张在军旅中的工作。
③ 同上。
④ 太行，指太行山。
⑤ 大蜀，指合肥市的大蜀山。

同济大学老师赞[1]

讲台三尺通今古，
同济哲明心血凝。
木柱钢桥地盾构，
砖楼铁路海擒龙。
爱珠万裕荣芳梦，
筱玉杏云正可生。
桃李树圻世劫任，
冰心犹雪玉壶中。

2017年4月

① 为同济大学110周年校庆，借老师的名字作。老师的名字有：吴杏云、湛可生、潘世劫、虞筱玉、许哲明、明树圻、张万裕、王爱珠、郑正、沈荣芳等。

乡愁欲诉

牧马河边烟树咏，①
龙城大院老槐深。②
高歌豪放太行美，
低唱婉约迎客神。③
南熏门外少年志，④
小月滩边白发尊。⑤
莫问老夫何处客，
乡愁欲诉便扶琴。

2017年1月11日

---

① 牧马河，山西省定襄县河流。烟树，为定襄县龙门村一景。

② 龙城，太原市古称。大院，六岁前作者生活在山西省军区大院。

③ 迎客，指黄山迎客松。

④ 南熏门，合肥市地址，作者十岁起在这里生活八年。

⑤ 小月，指小月河，北京市河流名；滩边，指北京市朝阳区北沙滩，作者现在的居住地。

小园新植

森森绿木白头鸟，
月季依墙伴紫藤。
奢望赏花浇铁树，
闲心悦草剪红枫。
地植橘树叶呈翠，
盆有蔷薇花绽红。
茉莉香从杯中溢，
春风化雨润诗情。

2017年4月

班　　庆[①]

天南地北复同舟，
往事如潮涌热流。
黑土冰开驰铁马，
青山雾散跃金猴。
花溪大理滇黔美，
静海西湖苏浙柔。
争道申江别后梦，
芸芸诉处尽乡愁。

2017年5月16日

① 班庆，指同济大学110周年校庆之时的班级聚会。

朱日和阅兵

点兵沙场碧空净，
迷彩精神映古铜。
落地直升轻若羽，
临空预警稳如鸿。
铁流方阵雷声滚，
火箭奇兵号角隆。
宗旨寄托全将士，
强军伟业示雄风。

2017年7月30日

百年颂[①]

人生一梦短还长，
龙马相随缘太行。[②]
驱寇护国同浴血，
扶伤救死共经霜。[③]
齐家德治儿孙旺，
捣药法循民众康。[④]
难忘初心为济世，
百年不变慈悲常。

2018年6月

① 父亲诞辰一百周年并母亲诞辰九十周年纪念。
② 龙马，父亲属马，母亲属龙。
③ 共经霜，指父母同在一个医院里工作。
④ 捣药，父亲一生做的主要工作就是管理药械。

大国定力

中国特色新阶段，
发展脱贫聚力扶。
西闯云天一带路，
东巡钓岛四方箍。
周边不许狼烟起，
半岛坚施脏弹无。
人类共同命运体，
昆仑裁赠践心初。[①]

2018年1月

① 昆仑裁赠，毛泽东词《念奴娇·昆仑》中句：“而今我谓昆仑，不要这高，不要这多雪。安得倚天抽宝剑，把汝裁为三截？一截遗欧，一截赠美，一截还东国。太平世界，环球同此凉热。”

悼漆林先生[①]

惊闻三镇雨云浓，
辞世二爷两袖清。[②]
突破中原篮里幸，[③]
修行小稚庙堂穷。[④]
十年动乱遭伤害，
廿载移民舍命从。
耿性直情除世弊，
念同一文与君逢。[⑤]

2018年9月

---

① 漆林，原国务院三峡工程建设委员会办公室副主任，2018年9月在武汉谢世。

② 二爷为漆林的雅号。

③ 篮里幸，指漆在中原突围时被战士用篮筐挑着冲出来。

④ 庙，漆幼时曾被寄养在寺庙中。

⑤ 一文，指1996年春节后作者被调任三峡建委移民局副局长时，与漆林先生兼任局长的任命是一个文件批复。

感三峡建委摘牌[1]

谁将青史书石壁，
痴忘半生失与得。
为立安澜闲梦少，
争平危岸萦思多。
师移百万适民意，
缆系千乡享睦和。
齐聚推轮千兆力，[2]
青山绿水共长河。[3]

2018年9月8日

① 2018年9月初，国务院三峡工程建设委员会悬挂了二十五年的牌子正式摘下了，标志着一项划时代的任务完成。

② 推轮，指三峡水轮机，喻历史车轮。

③ 长河，指长江。

元旦快乐

一觉醒来别旧梦，
蓝天深碧艳阳新。
一球飞跃双拍舞，①
五谷凝发一味匀。②
大梦期成如意事，
微言祝信健康心。
逝川不咒悠悠过，
颐养休闲自在身。

2018 年

---

① 一球，指今天和刘田勇打乒乓球。
② 指用杂粮自制的面包。

话别全国政协[①]

光阴逝水浮思念，
三月五年聚会齐。
同友相逢常抱抱，
亲朋别送总依依。
追究生态访乡陌，
察视环资走市集。
感慨人生行大路，
读完致信换征衣。[②]

2018年1月24日

① 是日，作者正式卸任第十二届全国政协委员职。

② 致信，指2018年元月24日全国政协向不再连任的第十二届委员致信表示敬意和感谢。

大沙河边人才公园

两地闸分连水碧，
大沙河岸指云楼。
求贤阁里群英荟，
慕士桥头院士收。[①]
忆史求才曾若渴，
数今用士正如流。
千金马骨四方客，[②]
开创新图更献谋。

2019年12月1日

---

① 桥头院士收，指“群英荟萃”桥上林立的柱子上展示了六十多位院士专家的相片。

② 千金马骨，参见燕昭王千金买马的典故。

深圳看水

山育清流皆入海，
风吹潮雨落秋塘。
燕罗湿地维生态，
特色公园取众长。①
碧道五福呈灿烂，②
茅洲六段展辉煌。③
金山喜伴银川靓，
美丽家国城与乡。

2019年10月31日

---

① 特色公园，指深圳的人才公园。

② 五福，指景观碧道的五大内涵：行洪、生态、休闲、产业、文化。

③ 六段，指茅洲河碧道建设有六个功能段，曰“六段生辉”。

七十偶感

——同贺共和国国庆节

谁道七十是古稀？
风驰电掣满街骑。
初心引领复兴梦，
永志催发奋斗期。
巧手打成重国器，
铁军铸就护民堤。
摘除穷帽齐奔富，
继续长征更奋蹄。

2019年9月30日

深圳水库

香岛河枯难自救，
哀声百万地天愁。
中南海里惊龙笔，
深圳河中垒坝头。
敢效禹王借三水，①
勇夺天工造一流。②
手足粤港情深厚，
独赞东江争上游。

2019年10月31日

---

① 三水，指东江水库水输送香港的三个意义：“政治水、生命水、经济水”。

② 一流，指深圳水库水直输香港，也喻输水工程建设管理的水平一流。

谈话八里庄[1]

岁末应约谈旧事，
三峡十问话协商。[2]
八方诚语常关爱，
百岁初心夙梦长。
贤士倾心献议策，
英才关注表决方。[3]
若非民众能参与，
重器何得立大江。

2019年11月27日

---

① 谈话指接受人民政协报记者王菡娟采访；八里庄，指北京市海淀区西八里庄路，人民政协报社址。

② 人民政协报采访亲历者，针对三峡工程提出了十个方面的话题。

③ 表决方，指1992年4月3日全国人民代表大会第七届第五次全会审议并表决通过三峡工程建设方案。

喜闻三峡工程验收[1]

欣闻重器大堂过，
几代梦成三斗坪。
万户别迁恋故土，[2]
一舟同载忆山城。
复兴独创中国路，
圆梦同抒华夏情。
展看前行需奋斗，
初心接续为民荣。

2019年12月31日

---

① 指三峡工程通过国务院整体验收。
② 指原住民外迁时带着橙子树苗。

白衣天使赞

迎毒逆上赞英雄，
救死扶伤人道弘。
济世悬壶医百众，
离家赴汉祈儿翁。
严封仍透爱心溢，
密闭还施仁义浓。
谁忘安危驱病患？
千军万马战华中！

2020年3月5日

白衣战士赞

——军队医护增援武汉

一自戎装上此身，
终生便誓许军魂。
国逢坎坷肩担重，
民遇灾情心系亲。
敢赴硝烟迎弹雨，
勇将意志斗毒瘟。
听从指令践宗旨，
赤胆忠诚乾与坤。

2020年3月5日

宅身不宅心

——抗击新冠肺炎疫情

冬春又遇冠毒新，
五岭三河各守门。①
防控宅息街冷客，
开屏央视语温心。
深居简出为奉献，
凝心静气可修身。
更设围歼八卦阵，②
舜尧亿万送瘟神。

2020年1月28日

① 五岭、三河，借自毛泽东诗《送瘟神》，意指全国各地。

② 八卦阵，传说为中国古代作战阵法，此处喻抗疫中对病毒的重重围堵。

忆五十年前水家湖车站遇同学[①]

长丰未见锦波面，
驿站门前遇故苏。
陋壁寒阶人影少，
同窗素面客形孤。
两眸相视惊无语，
一句辞行却忘途。
十里回头遗旧梦，[②]
永留爱恨水家湖。

2020年4月18日

---

① 忆1970年11月去长丰县医院体检，顺访刚去县文工团工作的张锦波，因其下乡演出未得见，却在水家湖火车站遇到了去淮南工作的同学张谨（苏）。

② 十里回头，指作者上错了去淮南的火车，在下一站匆匆下车，扒货车回合肥。

七　绝

龙门村咏[①]

槐杨柳枣核桃绿，
晨雾炊烟喜鹊鸣。
书在寒窗千日破，
马驰沃野百蹄争。

2012年7月20日

① 龙门村，指山西定襄县龙门村。

赞峡江老猿[1]

西江石壁听涛吼，
闲举镜头坐赏云。
千里滔来白帝稳，
平湖喜见老猿身。

2012年11月

① 老猿，指三峡出版社袁国平，他的微信昵称是“老猿”。

父亲节

微信祝福女儿音，[1]
方知节日父节临。
离身却去从官令，
忠孝如何两顾存？

2013年6月16日

① 作者于合肥回京的高铁上，接到女儿宋然微信发来的父亲节祝福，想到自己此刻不得不赶回北京开会，无法陪病中的父亲过节，深感无奈。

老树探窗[1]

新枝老树探楼窗，
累累金实惹雀忙。
却借风来摇瑟瑟，
声声牵动故人肠。

2013年6月15日

---

① 作者住了五十多年的故居楼下，有一棵发小张宜克儿时所栽的枇杷树，张已经迁居，树仍然年年果实累累，招人喜爱。

不借昨日扇[①]

小雨霏霏云色暗，
凉风阵阵叶落稀。
分明不借昨天扇，
忙把旧炉搪胆泥。

2013年8月

① 2013年8月底，一场冷空气袭来，大幅降温，炎热的感觉顿然消失，凉意甚浓。

生日记事[①]

岁岁今天常自勉，
匆匆过去喜和忧。
女儿问候飞天致，
忘却年龄无赘愁。

2013年6月6日

① 当天是作者的生日，因在父亲病床前伺候，偷偷度过不敢声张。

沙发卧铺[①]

沙发卧铺守爷门，
彻夜倾听不走神。
不辨漏风低话语，
幸依声调可遵循。[②]

2013年6月16日

---

① 2013年，九十五岁的父亲不慎左大腿骨折，卧床静养，作者5月15日至6月15日在其卧室门口沙发上“值班”。

② 指父亲不戴假牙说话不清晰。

雨中欣赏蔷薇花[①]

东篱映彩似红霞，
雨洗青枝缀满花。
任尔风摇千点乱，
芬芳悦我品新茶。

2013年5月19日

① 安生在院子东墙下种的蔷薇，爬满了篱笆，探出了墙外，年年5月盛开，赏心悦目。

公仆肩[1]

清风两袖精神健，
大爱一身形影端。
俯首常闻孺子梦，
油盐柴米公仆肩。

2014年7月23日

① 指作者参加中央国家机关扇面书画比赛作品的名称。

河北海涂调研

其一　湿地保护

平沙接浪与天连，
芦荡风轻水覆烟。
百鸟归来由远澳，
欣闻渤海更多贤。

其二　围海造陆

一堤伸向海龙宫，
且借金沙十万艟。
沧海桑田隔夜异，
当疑海市蜃楼东。

其三　首钢码头

插地千足定海针，

浪头横跨挽巨轮。
高擎铁臂舒拳掌，
不负南来北往人。

2014年4月

雨夜给外孙起名

江南云覆三千里，
夜雨芭蕉一片声。
八字五行天下典，
奕境高雅幸福恒。

2014年6月20日

六六孙郎[①]

欢声满室为孙郎，
早起晚息上下忙。
偶遇醒来忙浴洗，
抚摸手脚屁闻香。

2014年7月6日

① 六六，外孙小名。

题张锦波荷花照

芙蓉出水群芳暗，
疑是瑶池聚美娥。
不敢凝眸移又顾，
羞遮翠伞看凌波。

2014年7月4日

漳州红树林[①]

林森齐岸潮推让，
山印云霄海树红。
万亩原生百鸟唱，
振国幸有圣贤逢。

2014年9月12日

① 作者参加全国政协人资环建委员会有关福建漳州沿海红树林资源保护的调研，同行的有人资环委员凌振国、齐让、印红。

林萃公寓牡丹

循香一瞥痴怀古，
浓淡参差碧缀裳。
不必魁都千里访，
神形合目到洛阳。

2015年4月23日

玲珑塔碧桃[1]

二月京城花染树，
柳青兰紫伴樱红。
碧桃最是玲珑美，
他处流连枉费功。

2015年3月30日

① 玲珑塔，指北京市西八里庄慈寿寺的佛塔。

水家湖[1]

结伴曾经落水家，[2]
东奔西走各天涯。
杨公庙外耕读事，[3]
苦乐曾经惹泪花。

2015年12月12日

① 作者路过水家湖车站，作于火车上。
② 落水家，指作者当年作为知青插队落户在该县（合肥长丰县）。
③ 杨公庙，作者曾落户的公社名。

人工降雨

高天之水暗藏云，
千里飘来不进门。
只借白银三百两，[①]
荒原沃土润甘霖。

2015年7月

① 白银，指人工降雨的催化剂碘化银。

赞安生收藏的奇石[①]

火焰山头披瑞雪，
冰晶岭上舞红绫。
奇石展上何曾见，
缘分相逢自有情。

2015年4月

① 安生，指宋安生。

天 地 图[①]

——参加政协天地图专项调研感想

一图出世承天地，
百业声息寰宇传。
海阔山高仙指路，
功超八阵谷歌寒。[②]

2015年5月

① 天地图，由国家测绘局向社会推出的高质量数字化地图。
② 八阵，指诸葛亮创造的八阵图；谷歌，指谷歌地图。

和尹志强《大雪动车行》[①]

银龙戏雪竞如狂，
一卷云烟路上霜。
才忆莫愁池水碧，
巢湖帆影又轻扬。

2016年2月3日

① 尹志强，作者初中同学。

今晨赏雪

叶落满庭悄待雪，
雨飘旷野洗尘埃。
夜来一股寒风烈，
素裹银妆扑面来。

2016年11月20日

闹中闲

既无岭雪也无船，
车水马龙整日喧。
小树一棵盆里养，
秋黄春绿一杯闲。

2016年2月29日

赞王新陆拍的照片[①]

千古传承镇五脊，
春风善与百花依。
悬壶济世人生路，
有梦慈心天地齐。

2016年3月14日

① 同学王新陆，全国政协第十届委员，第十一届、十二届常委会常委，时任山东中医药大学名誉校长。在人民大会堂相遇，发给作者一张在古建筑前拍的樱花照片，有感。

迎　冬

近日初冬何不冷，
夜雨雷鸣疑似春。
忽报寒风一夜至，
暖炉绒被紧关门。

2017 初冬

立冬日过大别山

——由上海乘动车去宜昌

才赏秋风神笔画，
延绵峰岭五色斑。
冬来竟遇霾遍野，
雾锁山川不见蓝。

2017年11月8日

邻家蜡梅

邻家小院花墙透，
三九杜鹃绿衬红。
路上行人忽仰止，
嫩黄扑面沁香浓。

2017年1月16日

茉莉花[1]

碧叶花开洁似玉，
百年传唱愈芬芳。
一声委婉千声和，
梦里谁曾忆故乡。

2017年6月

① 歌曲《茉莉花》被誉为第二国歌。

收 黄 豆[①]

一畦秋色豆荚老，
两手拔秸脚下泥。
莫道当年曾落户，[②]
如今不见土沾衣。

2017年10月

---

① 在崇明岛亲戚家，想借收黄豆活动活动身子，实际上不适应了。
② 指知青到农村插队落户的经历。

题张锦波音乐会照片

曾记雄鸡报晓声，
朝晖遍洒九州红。
每当耳畔聆神曲，
萦绕心田三日浓。

2017年6月22日

欣闻渝万高铁开通[①]

往来难似登天路，
涨落惊涛拍岸嘶。
铁马飞驰神女舞，[②]
轻舟已作韵中诗。

2017年9月

① 渝万高铁，即重庆主城区到万州区（原万县）的高铁。
② 神女，指长江三峡十二峰的神女峰。

夜月偶吟

雷鸣声迫高云淡，[1]
夜月明窗霜色凝。
远望飞萤天际闪，
乡愁催促旅人行。

2017年9月4日

① 雷鸣、飞萤，指虹桥机场航路上的飞机声及其灯光。

张宜克浦东画展

申江好润徽州墨，
更展金风宜客临。
笔砚生宣天地语，
挥毫山水丹青魂。

2017年9月29日

重阳感受

重阳填赋古人抒，
流落他乡自叹孤。
虽未登高江海阔，
楼阶更上眺新途。

2017年10月

吹落橙红

莫怨经冬飞雪晚，
金风有意恋斑斓。
突来一夜朔风劲，
吹落橙红满地旋。

2018年1月

虹桥送兄弟回京[①]

虹桥别送心催马，
微信形声千里随。
此访定然逢妙手，
蓝湾篱院待君归。

2018年10月31日

① 作者在上海虹桥交通枢纽送汪为和史树芳回京就医。

黄淮五月[①]

青黄沃野麦将熟，
河岔白杨小寨孤。
突兀一排高厦起，
乡居远避市华浮。

2018年5月14日

① 由北京去合肥的高铁上，一路城乡景色从车窗闪过，偶有感想。

疑有香馨扑面来

——秀玲扇面画祝福图赞①

疑有香馨扑面来，
百寻不见玉盆栽。
轻摇扇面微风动，
锦绣中华妙笔开。

2018年8月18日

① 秀玲，作者大学同学孙金波的妻子，擅长国画。

题陆浩东先生骑马照[1]

浩荡东风谁纵马，
擎苍不用不牵黄。[2]
胸中更有千骑卷，
笑看人生暖与凉。

2018年9月

① 陆浩东，上海西郊宾馆原领导，今夏回落户的兵团访友，发给作者一张骑马的照片。

② 擎苍、牵黄，典故见北宋文学家苏东坡的词《江城子·密州出猎》。

西坝吟[1]

又看冬来西坝美，
三江伟岸跨新桥。
曾经庙嘴图中画，
化作通途举世骄。

2018年1月29日

① 2011年秋，为葛洲坝枢纽和三峡枢纽的安全运行，作者带队考察拟议多年的宜昌庙嘴大桥选址，提出了纳入三峡后续工作规划的调研报告。如今再访已经建成。

清明寄思

夜雪霏霏夹细雨，
乡愁莫过远思亲。
欲借琼花撒蜀岭，①
游儿遥祭百岁辰。②

2018 于北京

① 蜀岭，指合肥市大蜀山。
② 2018 年是作者父亲百岁大寿之年。

牧马有新颜[①]

俗说四九天寒冷，
春汛悄然到草原。
遍地牛羊添喜气，
如今牧马有新颜。

2018年1月23日

① 闻朋友去内蒙古自治区有感。

元宵节

——离别之节

除夕酒意浓还续，
十五花灯闹射迷。
愿有千般祈好聚，
行囊鼓鼓唤羌笛。

2018年2月

重阳节题幸运石[①]

初凝混沌疑如玉，
火炼山压万载埋。
一旦形神出远水，
圆生石里本洁白。

2018年10月18日

① 在远安县河畔拾得一小块直径3厘米、厚1厘米的石头，色如肤色，中心有直径约1厘米的圆心，通两面，纯白色，应该是化石。

房前一树无心柳

房前一树无心柳，
屋后三株富贵花。
闲去荷锄修野草，
困来推盏梦天涯。

2019年4月

感灵寿县脱贫[①]

曾经受命去帮扶，
修路兴工建村塾。
锦绣山河传统好，
更新理念上新途。

2019年5月

---

① 河北省石家庄市灵寿县是革命老区，是原国家计委的扶贫点。1991年10月至1992年10月，作者曾带领三十六人参加扶贫锻炼。

话别深圳

潮头浪涌目标新，[①]
赞过丰功感悟深。
莫悔当年不赴任，[②]
三峡治水亦初心。

2019年12月2日

---

① 目标新，指中央对深圳特区又赋予新的定位，即中国特色社会主义先行示范区。

② 不赴任，指1995年底组织拟调作者赴深圳任职，同时给作者另一个选项，去做三峡工程移民工作。作者选择了后者。

梦之成[①]

幽幽小陌建林深，
墨宝丹青伴四君。
养生贵在心无我，
好友邀来乐举樽。

2019年3月28日

① 朋友的书画房，起名“梦之成”。

木　　瓜

潮头击水夸珠海，
海阔天空涌浪花。
花艳鸥疾闲步少，
少蒸莫炒非木瓜。[①]

2019年11月2日

① 在珠海，晚饭有一道木瓜做的菜，“蒸”“炒”二字为“争”“吵”的谐音。

四十亿岁重阳节[①]

四十亿岁重阳过，
享百人称福寿多。
老去生由天注定，
何须成败论蹉跎。

2019年10月

① 指地球存在四十多亿年了。

题壮壮日月潭照片[①]

书笔从来堪作戟，
南投日月水云激。
山川秀丽连峡岸，
征途奋斗正当期。

2019年7月27日

① 壮壮，作者朋友李柳的儿子，高考后去日月潭散心。

香山闲游

风入松林云带雨，
蝉鸣深树起伏频。
双清只可登高眺，[1]
脚踏石阶寺空寻。

2019年8月12日

① 当时双清别墅正在维修，谢绝参观。

竹银水库[①]

曾筑西江石壁立，[②]
防洪发电助舟轮。
岭南也蓄西江水，[③]
甘露直输润澳门。

2019年11月3日

① 竹银水库，珠海向澳门输水的骨干工程。
② 西江，此处指长江三峡。毛泽东有诗句："更立西江石壁"。
③ 西江，此处指珠江水系干流之一。

七宝老街[①]

莲水拱桥托月影，
纺车当铺觅无踪。[②]
红男绿女熙熙攘，
胜过当年九月重。

2020年3月4日

① 七宝老街指上海市闵行区七宝古镇的民俗街，历史悠久。

② 七宝镇明清鼎盛时，纺织业发达，当铺规模庞大，现在都消失了，最后一家合作社形式的布店也于2019年关门。

早　　春

早春惊看一枝柳，[1]
翠染池边拂面来。
停步犹听新芽绽，
从容邀请百花开。

2020年3月3日

① 宅家抗疫多日，今晨偶出，却见春天早已归来。

五　律

沪遇小雪

小院逢初雪，
晨惊满室欢。
寒枝承又坠，
黑土掩犹还。
冰覆鱼游浅，
晶融草露尖。
云移白日现，
雪去化如烟。

2014年2月9日

咏折扇[1]

收展凭规矩，
心底有方圆。
立骨身循律，
依折形影端。
风促人清醒，
骨挺意志坚。
四时知冷暖，
磊落示人前。

2014年7月23日

① 作者参加中央国家机关扇面书画比赛，作品得了入选奖。

北京刈麦季

又临刈麦季，
故岁帮夏忙。[1]
沃野翻金浪，
树荫避炎阳。
黑肤三日晒，
金粟一时藏。
天劝莫淫雨，
农家喜满仓。

2019 年 5 月 23 日

---

① 二十世纪七十年代，国家机关的工作人员每年夏收季节都要到郊区帮夏忙，主要是收麦子。

三峡情恋

石断茅坪水，
闸行上下帆。
民迁百万稳，
城筑十八盘。
流畅轮发电，
架空缆系山。
老来常忘事，
唯恋三峡还。

2019年10月

珠海湿地

珠海临湿地，
青翠穗城含。
白雾惊仙女，
黑鸡宿古船。[①]
水清留远客，
花艳惹红颜。
不见沿河柳，
谁知为哪般？[②]

2019年11月7日

① 古船，当地渔民过去使用的一种小船，名“摇橹船”，现放在湖中做景观，黑水鸡在其中筑巢。

② 不见柳，是因为天气不冷，柳树最容易发生的树心虫冻不死，故而不栽。

崇明乡居

春归天未热，
乡野享天蓝。
白鹭逐新土，
铁牛翻旧田。
小渠龙虾戏，
大树鸟窝盘。
风迫长江涌，
浪高不渡船。

2020年5月

青海贵德印象[1]

人贵须有德，
德生天地间。
一条清澈水，
九彩斑斓山。
四野花星点，
三峰火云团。
风穿峡谷过，
仰望高原蓝。

2013年7月14日

① 随民革中央赴青海调研生态补偿模式，第一次到贵德。

住京海参议[1]

相聚来京海，
中华又梦香。
言求国盛计，
语寄民生方。
晴眺西山远，
风闻东海扬。
特邀天下客，[2]
参政尽宜商。

2017年3月12日

---

① 京海，指北京京海宾馆，是作者参加全国政协十二届最后一次全体会议的驻地。

② 特邀，此处指全国政协特邀界58组。

赞桂花

金秋何以赞，
可问桂花枝。
翠赤相辉映，
神形互顾持。
采集香衣袖，
抖落醉鱼池。
熬煮冰糖伴，
谁尝此味痴。

2018年10月23日

五　绝

乌篷船[①]

碧莲藏锦鲤，
绿水载乌篷。
举目南山岭，
飞霞伴劲松。

2013年5月8日

① 为刘劲松摄乌篷船照片题。

参观626遗址博物馆[①]

枪指敌丢胆，
和平国聚魂。
红缨九百万，
杆杆卫国门。

2014年5月26日

① 参加全国政协考察黑土地保护专题调研活动，到黑龙江北安市时参观了当地的626兵工厂，听闻这里曾经生产900多万支枪械，支援了抗美援朝。

题齐让《归》照片[①]

日落金光洒，
云飞暮色微。
风吹寒树净，
遥望茅屋归。

2014年12月16日

① 齐让，中国科协原副主席，第十二届全国政协委员。

题宋然紫玉兰照片[①]

花开迎紫气，
枝满唱新春。
影印南窗画，
香飘醉路人。

2015年4月3日

① 宋然为作者的女儿。

题宋桂兰寿春城头照片[①]

城头空远眺，
千载历峥嵘。
感借春和寿，
赠之亲与朋。

2016年12月6日

① 宋桂兰为作者的长姐。

雷透纱帘

雷夜纱帘透，
滂沱疾洗城。
高温不见缓，
阵阵是秋声。

2017年8月25日

收桂花[1]

十月金花树，
香惊路客闻。
摘来和蜜煮，
一盏赠乡亲。

2017年11月2日

① 院子里种了一棵金桂，年年十月花开满树，收集了做桂花酱，颇受欢迎。

中秋吟

中秋何咏月，
只是借其圆。
若遇云遮影，
当求志趣闲。

2017年10月

轻身飞沪①

浮闲偷半日，
邀月与云聊。②
起落平常事，
飞天不在高。

2018年2月1日

① 这是作者所有的职务都卸任后第一次乘飞机。

② 昨夜，天象呈一百五十年一遇的月全食奇观。作者今晨五点半出门时，圆月西沉，几乎融化在湛蓝里。

留门灯[1]

明灯常伴月，
宅有夜归人。
养寿条条路，
谋生处处门。

2018年6月

① 家里年轻人常上夜班，故门灯常亮待其归。

麦收时节雨[①]

麦收时节雨，
长随午后雷。
来如兵马骤，
去乱满场堆。[②]

2018年6月18日

① 作者落户当农民时，麦收时节也是暴雨频繁的季节。
② 场，指农村脱粒、晾晒粮食的场院，此处场字读二声。

点赞“水映夕阳”[1]

诗咏忠心赤，
文抒意志坚。
人宅仍战斗，
誓胜冠毒缠！

2020年2月24日

① 水映夕阳，水利部离退休局主办的网上园地。

二 月 二

抬头春已近，
抗疫不松弛。
屏上樱花赏，
抚枝待有时。

2020年2月24日

词

更漏子·逢春

赏樱花，听春意，唤醒千年季。窗外事，有新词，几曾说过时。

晶飞异，芦声起，料是故人相忆。[①] 新柳绿，愿长青，祈年年路平。

2014年3月23日

① 此句指中国三峡集团人事变动。

人月圆·中秋节吟月

七十六万抒天袖,[1] 幸玉兔同游。吴刚俯瞰，人间世界，何故多忧。

他乡贡献，舔犊异域，堪比黄牛。纵横速马,[2] 穿云巨雁,[3] 尽载离愁!

2014年9月11日

① 七十六万，指月球到地球的距离约三十八万公里，折合七十六万里。

② 速马，指高铁。

③ 巨雁，指民航飞机。

江南春·中秋愿[①]

云淡淡，月蒙蒙，中秋常寄望，总是万年同。炎黄共许中秋愿，今夜天宫愿更鸿。

2016年9月15日

① 当晚中国航天的天宫二号空间实验室发射成功，作者向朋友同贺中秋快乐。

江南好·品茶

春风好，拂面暖还绵。吹绿江南先看柳，感时新碧绽枝尖。一盏便知仙。

2016年2月10日

其　他

大德无碑

——《漆先庭传》读后感

龙王山下苦身世，
习武耕田侠胆豪。
指路木庭明远志，[①]
开国红盏照征袍。
阵前敌后周旋巧，
洞里山头调虎巢。
初见洁畲听教诲，
重迎方毅助西尧。
华山结义民驱寇，
湖水疏财军慰劳。
宣化突围担巨险，
黄州收复献奇招。
支援刘邓银公款，
赎救麟红钱自掏。
救助同侪心血洒，

① 木庭，指漆先庭的表兄罗木庭。下文开国，指漆先庭的入党介绍人熊开国；洁畲，董必武字洁畲；麟红，指漆福麟和林继红；狗静枪息，指漆先庭爱好和平和安宁的愿望；大别，指大别山。

服协农事胆肝抛。
怀仁堂里众相问，
狗静枪息蒲扇摇。
掩卷长思悲和喜，
英名共与大别高。

2012年10月23日

虫草顺口溜[1]

青海出虫草，
全靠生态好。
群众上山找，
注重物种保。
新创致富道，
减轻资源耗。
虫草价值高，
不把价格炒。
吃了功能妙，
消费有功劳。

2013年7月13日

---

① 在青海省考察，青海省政协马志伟先生次日要进京宣传青海虫草，在考察生态的路上介绍了这种产品对脱贫的作用，作者遵嘱写的宣传顺口溜。

孙儿兵法[①]

人小鬼大有心理，
适之皆靠细思量。
择人喂饭曰有味，
喝水择瓶说暖凉。
如厕专挑童用座，
入眠枪抱打灰狼。
乘车挑坐安全椅，
戏雨要着避水装。
喜看卡通圆满事，
欣闻火箭上天航。
偏爱花园浇水管，
口中念念演消防。
困觉耍玩各有侍，
选人因事用特长。
爷如不解其中秘，

① 孙两岁半，日常嘴上颇多道理，每天与我们斗智斗勇，我谓之“孙儿兵法”。

吃力不胜几头忙。
天时地利人和爱，
祖孙同乐喜洋洋。

2016年12月

生活慢慢

岁岁光阴闪闪过，
空空行旅遥遥涯。
松松衣履轻轻帽，
浅浅咖啡淡淡茶。
缓缓足行坦坦路，
眯眯眼赏纷纷花。
高高枕卧闲闲梦，
静静书读暖暖家。
少少邀朋漫漫语，
迟迟起看匆匆霞。
清清嗓哼幽幽曲，
默默祈福你我他。

2019 年 4 月

悼念父亲宋莱荃

太行福地有龙门，
傍水依山烟树村。
铁匠人家伯与仲，
牧童生计乾和坤。[①]
私塾读懂交朋理，
米店习成敬业心。
启悟救国牺盟会，[②]
投身跟领教导人。[③]
参加八路驱倭寇，
举起一拳入党门。
弹雨飞来吞血咽，[④]
枪林入死挺胸扪。
还将药械珍如宝，

---

① 铁匠，爷爷是铁匠，父亲是二儿子。牧童，小时候给别家放牛。

② 牺盟会，指父亲1936年在阎锡山的太原兵工厂参加山西牺牲救国同盟会。

③ 教导人，八路军的115师教导队。

④ 吞血咽，指父亲被日本兵枪子打掉两颗门牙。

又守医从白求恩。①
跃马滹沱呈士勇，②
驱敌耿镇卫国尊。③
龙城卫戍开新纪，④
军大深修训老兵。⑤
转业军营别故土，
重司药械到皖城。
民生百事行宗旨，
动乱十年显忠贞。
开放先声官改企，
改革大举利还民。
乌纱慎作紧箍咒，
茅舍唯求遮雨尘。
拥政离休辞顾问，
齐家掌舵示儿孙。
养生自创按摩法，
执笔同书和睦文。
荫庇重重修正果，
福添岁岁享天伦。

---

① 白求恩，1939年，父亲在晋察冀二军分区四团卫生队管药械，曾接受白求恩的指导检查，后任晋察冀白求恩国际和平医院四部主任。

② 滹沱，滹沱河。

③ 耿镇，在五台县。

④ 龙城，太原市。

⑤ 军大，第二军医大学。

寿增百岁非奢望，[1]
骨合九五是奇闻。[2]
仙逝突然骑鹤远，
慈祥永久铭心存。
孝心戚戚回母爱，
亲子拳拳忆父恩。
笔墨难停泪如雨，
长歌一曲祈安魂！

2015年10月8日

① 百岁，争取百岁，父亲享年虚岁98岁。

② 骨合，指父亲95岁时大腿骨折后痊愈。

追悼母亲赵红梅

您走了，
牧马河边，
记得九十年来，
一个天真可爱的女孩，
在纸扎艺术的围绕里成长。

您走了，
定襄城外，
记得七十年来，
一个聪慧美丽的姑娘，
跟随八路战士上前线救死扶伤。

您走了，
军旅营中，
记得战火三年，
三等军功为热爱和平，
后勤卫生部大院里培育儿女。

您走了，

太行山脉，

记得六十年来，

善良、贤惠的母亲、妻子，

告别汾河携子带女到长江。

您走了，

江淮大地，

记得五十年来，

忍饥饿防动乱守家门，

社区工作有您勤奋的身影。

您走了，

南熏门外，

记得几十年来，

每一道坡每一棵树，

从此少一份欢乐多一份哀伤。

您走了，

子孙满堂，

记得您的教诲，

尊老爱幼团结和睦，

把良好家风世代相传，

才是您和慈父在天堂的期望。

妈妈，您放心吧！

您走好！

2015年12月12日

曾经,我们在校园

——参加同济大学 110 周年校庆

曾经，我们在校园，
那是个知识被抛弃
　又刚刚被抢回的年代，
从车间，从田头，从沙场，
为掌握建设祖国的本领，
我们在此结缘。

曾经，我们在校园，
那是个教学理念被扭曲
　重被扬弃的年代。
学书本，问同学，勤实践，
师生与工人互学互帮，
我们在此结缘。

曾经，我们在校园，
那是个改革开放将启明
　在阵痛中奋争的年代。
趴图版，操绳墨，执瓦刀，

知识化为一砖一瓦成大厦，
我们在此结缘。

曾经，我们在校园，
那是个青春活力躁动着
　却还自我压抑的年代。
师生情，同学情，战友情，
无人闲顾花前月下，
我们在此结缘。

曾经，我们在校园，
那是个永生不能忘怀
　梦里常常回去的年代。
球场上，饭桌边，宿舍里，
兄弟姐妹情谊深厚，
结成一生同学缘。

2017年4月25日

同济大学110周年校庆暨班聚活动赋[①]

百十华诞，看全球同济人八方来贺；

庆典简朴，迎世界粉丝群四海仰仪。

白发老叟，正是当年沥血园丁；

斑白鬓者，曾为时代求学赤子。

同济，同济，以德治学，倡师生同心同德同舟楫；

大学，大学，学以致用，引同仁济人济世济天下！

校庆之时乃班聚之机，相邀重会寒窗下；

相见之时更心动之际，握手拥抱大门前。

漫步校园新房旧舍，当年脚步声在耳；

塑像楼前留影合照，今天容貌寄留心。

同堂相叙，奋斗岁月汗和泪；

对桌互语，天南海北谊和情。

私家聚会包饺子，雪萍雅舍欢声笑语；

圆桌围坐相敬酒，兄弟姐妹祈祷吉祥。

畅怀叙旧，如同昨夜曾经事；

---

① 班指工民建1970—1974六班。作者遵刘乔明、尤雪萍等同学嘱咐为影集写序言。

举杯相约，期待明年再重逢！

恨离别，眼角含泪往回忍；

诉祝福，健康长寿多珍重！

惊遇恩师万裕翁，心中欢喜、眼中泪；

遥祈问候高铁上，远去身渺、心欲回。

啊！人间处处都有情，更谁比，寒窗共读同学缘；

啊！万语千言都是字，难尽表，团结友爱同学情！

身可以离别，心没有距离。

感谢同济，缘由此生；

祝福同学，缘定此生！

2017年5月22日

花开花谢

春天的花儿，
盛开了，又谢了。
完成了报春使命，
飘落花瓣铺满园。

夏天的花儿，
畅开了，又谢了。
拓展了春的气息，
热情洋溢尽欢颜。

秋天的花儿，
争开了，又谢了。
延续了春的希望，
回报大地硕果甜。

冬天的花儿，

傲开了，又谢了。

孕育着春的涅槃，

寄希望于无言。

2019年4月23日

不问月亮

月亮，我不问你。
不问傍晚或黎明，
因为，那得去问太阳。

月亮，我不问你。
不问阴晴或雨雪，
因为，那得去问风云。

月亮，我不问你。
不问快乐或忧伤，
因为，这都在我脸上。

月亮，我不问你。
不问友情和挂念，
因为，这都在我心里。

月亮，

我不问你……

2020年1月19日

今天深闭门

——宅家要保持心理健康

今天，我们深闭门。
守的是宅门，筑的是，
阻绝病毒肆虐传播的无形长城。

今天，我们深闭门。
隐的是俗身，凝的是，
中华民族团结奋斗的伟大精神。

今天，我们深闭门。
报的是平安，盼的是，
千百病患战胜妖魔的康复之晨。

今天，我们深闭门。
发的是微言，敬的是，
白衣战士冲锋陷阵的圣洁灵魂。

今天，我们深闭门。
持的是信心，迎的是，

神州阳光明媚百花盛开大地回春！

今天，深闭门！

明天，广开门！

2020年2月11日

雨里听琴[①]

——送给锦波同学

春雨绵绵，
你的琴声伴着和风飘起，
我的思绪被琴声牵引着，
仿佛看到了田间的嫩芽破土，
向着阳光致敬，
向着春风点头！

夏雨滂沱，
你的琴声伴着雷鸣回响，
我的耳膜被旋律打动着，
仿佛听到了沙场的号角穿云，
向着战旗致敬，
向着敌人复仇！

秋雨淅沥，

① 五十二年前插队落户时，张锦波的琴声一直伴随着我们的“三农”生涯，每每回忆，仍然让我激动。此诗送给锦波。

你的琴声披着金色彩妆，
我的心律被节奏冲击着，
仿佛迈进了硕果累累的田野，
向着秋风歌唱，
向着大地俯首。

冬雨瑟瑟，
你的琴声充满希望的暖流，
我的热血被激情燃烧着，
仿佛梦到了明天的阳光灿烂，
把那寒气驱散，
为着梦想奋斗！

雨里的琴声，
梦里的青春……

2020年3月10日

后　记

在抗击新冠肺炎疫情期间，本书得以出版，真是一件不容易的事。若没有大家的鼓励和支持，是不可能实现的——这些文字一定还是散落在我的电脑、平板、手机的备忘录或聊天记录，甚至纸质的便笺里。

水利部离退休局领导凌先有同志的启发和建议，使我宅家的日子得到充实。毕竟，收集、整理、完善这些文字的活儿需要静下心来，还要从“批判”的角度“回头”看自己。他的建议是本书出版活动的启动力。

人民政协报社记者王菡娟同志的支持尤其重要。与她在政协的会议和调研活动中相识多年，她一向对委员的支持诚心诚意，与委员的互动合作积极主动。听说我有出版诗集的想法后，积极与直属全国政协的中国文史出版社联系，牵线搭桥，努力促成，发挥了“加油”作用。

中国文史出版社的编辑同志拿我这个往届委员当自家人，使出版工作快速进入流程，认真审校，请示报批，让我感受到他们的工作效率和政协各方面对委员的关心。

总之，文字成书，非我所能，乃群力也。借此，向以上各位同志致以诚挚的谢意！

作　者

2020年5月

图书在版编目（CIP）数据

房前一树无心柳 / 宋原生著. — 北京 ：中国文史出版社，2021.1

（跨度诗人书系）

ISBN 978 – 7 – 5205 – 2140 – 6

Ⅰ. ①房… Ⅱ. ①宋… Ⅲ. ①诗集 – 中国 – 当代 Ⅳ. ①I227

中国版本图书馆 CIP 数据核字（2020）第 141592 号

责任编辑：薛媛媛

出版发行：中国文史出版社

社　　址：北京市海淀区西八里庄路 69 号院　邮编：100142

电　　话：010 – 81136606　81136602　81136603（发行部）

传　　真：010 – 81136655

印　　装：北京新华印刷有限公司

经　　销：全国新华书店

开　　本：720 × 1020　1/16

印　　张：13.75　　　字数：90 千字

版　　次：2021 年 1 月第 1 版

印　　次：2021 年 1 月第 1 次印刷

定　　价：55.00 元